Jill ve Fasulye Sarma

Jill and the Beanstalk

by Manju Gregory
illustrated by David Anstey

Jack kardeşi Jill ile bir tepeye tırmandı
Jack aşağı yuvarlandı, şimdi yatakta hasta.
Yiyecek hiç bir şey yok. Herkes de çok mutsuz.
Dev keşke babalarını yutmamış olsaydı!

Jack climbed a hill with his sister Jill.
Jack fell down and now he's ill.
There's nothing to eat, they're feeling sad,
If only the Giant hadn't swallowed their dad.

Annesi Jill'e "Acaba ineğimizi satarak bize para bulabilir misin?" diye sordu.

Mum asked Jill, "Do you think somehow
You could raise money selling our cow?"

Jill, bir mil bile gitmemişti ki çitin kenarında bir adamla karşılaştı.

"İneğini bu fasulyelerle değişirim" dedi adam.

"Fasulyelerle mi?" dedi Jill. "Sen aklını kaçırdın herhalde!"

Adam açıkladı "Bunlar sihirli fasulye. Sana hayatında hiç görmediğin hediyeler vereceklerdir"

Jill had barely walked a mile when she met a man beside a stile.

"Swap you these beans for that cow," he said.

"Beans!" cried Jill. "Are you off your head?"

The man explained, "These are magic beans. They bring you gifts you've never seen."

Jill Fasulyeleri annesine göstermek için eve gitti.
O da fasulyeleri yere fırlatıp, "Senin yerine keşke
oğlumu yollasaydım" dedi.
Jill'i aç ve susuz yatağına yolladı.

Jill took them home to show her mum
Who cried out loud, "I should have sent my son!"
She threw the beans down at Jill's feet
And sent her to bed with nothing to eat.

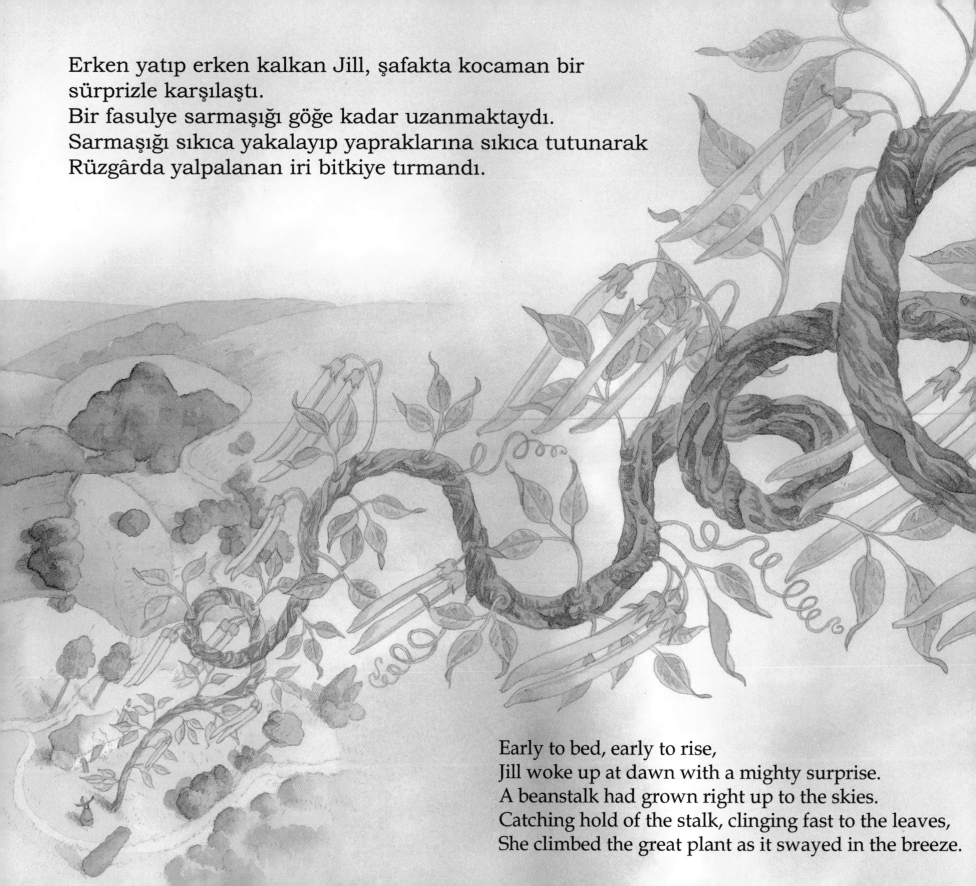

Erken yatıp erken kalkan Jill, şafakta kocaman bir
sürprizle karşılaştı.
Bir fasulye sarmaşığı göğe kadar uzanmaktaydı.
Sarmaşığı sıkıca yakalayıp yapraklarına sıkıca tutunarak
Rüzgârda yalpalanan iri bitkiye tırmandı.

Early to bed, early to rise,
Jill woke up at dawn with a mighty surprise.
A beanstalk had grown right up to the skies.
Catching hold of the stalk, clinging fast to the leaves,
She climbed the great plant as it swayed in the breeze.

Jill birinin bağırdığını duydu. Bu annesi olmalıydı.
"Hemen aşağı in, kardeşine göz kulak ol!"
Ama Jill tırmanmaya devam etti. Yukarı
doğru hep tırmandı.
Hiç durmadan, ta tepeye kadar.

Jill heard a shout, it was her mother!
"Come down at once, look after your brother!"
But Jill just kept on climbing, she didn't stop,
All the way upwards, right to the top.

Jill sarmaşıktan atladı ve bir ağlama sesi duydu.
Küçük bir kız "Koyunlarım nerede" diye ağlıyordu.
"Ben uyurken kaçmış olmalılar" deyince,
Jill "Ben nerdeyim" diye sordu.

She leapt off the beanstalk, and heard a loud weep.
A little girl cried, "Oh, where are my sheep?
They've wandered away while I was asleep."
"Where am I?" asked Jill.

"Devin yaşadığı diyardasın.
Öç almaya mı yoksa affetmeye mi geldin?
Çoban değneğimin sallanışı ile kaderini seç,
Ya tekrar sarmaşıktan aşağı evine git, ya da
Devin kapısından içeri gir?"

"You're in the land where the Giant lives.
Did you come to avenge or come to forgive?
With a wave of my crook now choose your fate,
Back down the beanstalk or onto the Giant's Gate?"

Jill, küçük bir fare gibi korkup titreyerek
Devin evinin önünde durdu.
Gökteki örümcek ağlarını temizleyen
Garip yaşlı bir kadın duruyordu yakınında.
"Küçük kız, neden buradasın? Neden, neden?"

Jill stood in front of the Giant's house
Feeling tiny and scared like a quivering mouse.
A strange old woman was standing by,
Brushing cobwebs out of the sky.
"Little girl, why are you here? Why, oh why?"

Konuştukça bütün zemin sağır edici bir gürültüyle sanki güçlü bir deprem
oluyormuşçasına sallanmaya başladı.
Kadın "Çabuk içeriye koş. Saklanacak tek bir yer var. O da fırının içi.
Sadece bir tek nefes al ve hiç bir ses çıkartma. Ölmek istemiyorsan, bir kar tanesi kadar
sessiz ol" dedi.

As she spoke the ground began to shake, with a deafening sound like a mighty earthquake.
The woman said, "Quick run inside. There's only one place…in the oven you'll hide!
Take barely one breath, don't utter a sigh, stay silent as snow, if you don't want to die."

Jill fırına girdi. Ne yapmıştı? Evde annesiyle beraber olmayı ne de çok istiyordu!
Dev konuştu: "Fi, fay, fo fam. Dünyalı birinin kanını kokluyorum".
"Kocacığım, sen fırında pişirdiğim turtanın içindeki kuşların kokusunu almaktasın.
Kuşların yirmi dördü de gökten düştü".

Jill crouched in the oven. What had she done? How she wished she were home with her mum.
The Giant spoke, "Fee, fi, faw, fum. I smell the blood of an earthly man."
"Husband, you smell only the birds I baked in a pie. All four and twenty dropped out of the sky."

Dev "Senin yapmış olduğun nazik yemeğe
dokunmaya niyetim yok. Kadın, benim
yemem gerekiyor. Mutfağa git ve bana etimi getir".
diye haykırdı.
Jill, fırının kapısının aralığından Devin bir yaban
domuzunu yiyip bitirmesini seyretti.

The Giant bawled, "I have no wish to even try your dainty dish.
Wife, I need to eat. Go to the kitchen and fetch me my meat!"
From a gap in the oven door, Jill watched the Giant devour a wild boar.

Dev arkasına yaslandı. Hiç de memnun değildi.
"Bana kazımı getir. Ayağını çabuk tut".
"Kaz yumurtla" diyerek gözlerini kapattı.
Kaz parlak altın bir yumurta yumurtladı.
Jill çok şaşırmıştı.
Dev som altından yumurtalarını teker teker sayarak
eğlenmekteydi.
Sonra da uyuya kalıp, bir aslanın kükremesini andıran
bir horlamaya başladı.

The Giant sat back, he wasn't happy.
He bellowed: "Get me my goose,
and make it snappy."
Saying, "Goose deliver," he closed his eyes.
It lay a bright golden egg,
much to Jill's surprise.
The Giant had a lot of fun,
Counting solid gold eggs one by one.
Then he fell asleep and started to snore
Sounding just like a mighty lion's roar!

Dev uyurken Jill kaçabileceğini biliyordu.
Yavaşça fırından dışarı süründü.
Sonra da arkadaşı Tom aklına geldi
Bir domuzu çalıp kaçmıştı.
O da kazı çalıp hızla koşmaya başladı
"Mümkün olduğu kadar çabuk sarmaşığa gitmeliyim" dedi.

Jill knew she could escape while the Giant slept.
So carefully out of the oven she crept.
Then she remembered what her friend, Tom, had done.
Stole a pig and away he'd run.
Grabbing the goose, she ran and ran.
"I must get to that beanstalk as fast as I can."

Sonra da aşağı kayarak " Ben geldim" dedi.
Annesi ve Jack evden dışarı koştu.

She slid down the stalk shouting, "I'm back!"
And out of the house came mother and Jack.

"Ağabeyin ve ben meraktan öldük. Nasıl bu kadar uzun bir sarmaşıkla göğe kadar tırmandın?
"Ama anne, bana hiç bir zarar gelmedi. Bakın bir de size ne getirdim!"
"Kaz Yumurtla" diye Jill devin sözlerini tekrar etti.
Ve kaz hemen o anda parlak altın bir yumurta yumurtladı.

"We've been worried sick, your brother and I. How could you climb that great stalk to the sky?"
"But Mum," Jill said, "I came to no harm. And look what I have under my arm."
"Goose deliver," Jill repeated the words that the Giant had said,
And the goose instantly laid a bright golden egg.

Jill'in Devin inine yapmış olduğu ziyaret ailesini açlık ve sefaletten kurtarmıştı.

Jill's visit to the Giant's lair kept her family from hunger and despair.

Jack kız kardeşi Jill'i kıskanıyordu.
Bayıra tırmanacağına, keşke sarmaşığa
tırmanmış olsaydı diye düşünüyordu.
Devle karsılaşır, kafasını keserdi
diye hep övünüyordu.

Jack couldn't help feeling envious of his sister Jill.
He wished he'd climbed a beanstalk instead of a hill.
Jack boasted a lot and often said
If he'd met the Giant he would've chopped off his head.

Anneleri onları sarmaşığa tırmanmamaları için
hep ikaz ediyordu.
Jill ise Jack'in boş laflarından usanmıştı.
Bir gün kılık değiştirerek sarmaşığa tırmandı
Ve göğe vardı.

Their mother had warned them not to climb that stalk
But Jill was fed up with Jack's idle talk.
One day, in clever disguise, Jill climbed up the beanstalk
And reached the skies.

Yaşlı kadın üzgün bir şekilde kapının
önünde oturuyordu.
Kazı çalındığından beri
Kötü Dev ona çok ama çok kötü
davranıyordu
Her gün gittikçe daha korkunçlaşıyordu.

The old woman sat by the gate looking sad,
The evil Giant treated her bad, very bad.
He'd become more gruesome by the day,
Since his goose had been stolen away.

Devin karisi Jill'i tanımadı.
Ama gürleyen ayak seslerinin tepeden aşağıya geldiğini duydu.
"Dev geliyor. Kanının kokusunu alırsa, seni kesin öldürür" dedi.

The Giant's wife didn't recognise Jill,
But she heard the sound of thundering footsteps coming down the hill.
"The Giant!" she cried. "If he smells your blood now, he's sure to kill."

"Tik, tak, tok
Çabuk saatin içine saklan!"

"Hickory dickory dock,
Quick, go hide in the clock!"

"Fi, fay, fo, fam. Dünyalı birinin kanını kokluyorum.
İster canlı, ister ölü olsun, onun kafasını keseceğim" dedi Dev.
"Fırında taze pişirdiğim turtaların kokusunu almaktasın.
Tarifini Kupa Kraliçesinden ödünç aldım da".
"Ben bir Devim, kadın. Benim çok yemem lazım. Mutfağa koş ve
bana çabuk et getir".

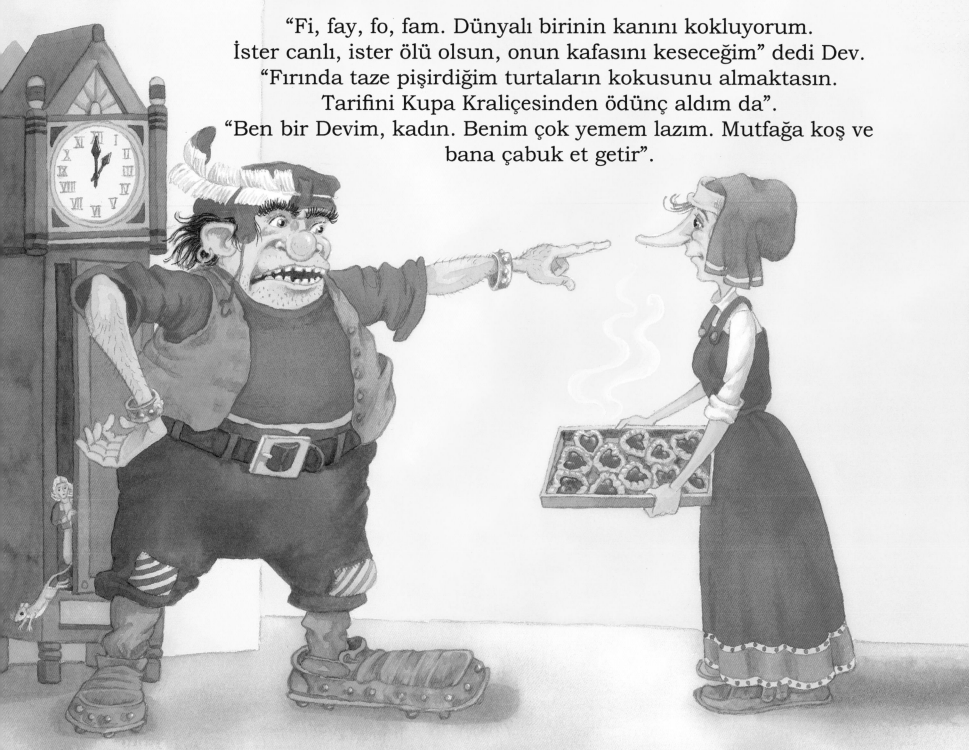

"Fe fi faw fum, I smell the blood of an earthly man.
Let him be alive or let him be dead, I'll chop off his head," the Giant said.
"You smell only my freshly baked tarts, I borrowed a recipe from the Queen of Hearts."
"I'm a Giant, wife, I need to eat. Go to the kitchen and get me my meat."

Dev daha önce yaptığı gibi hayvan etini
yutarcasına yedi.
Bir saat sonra yeniden yemek istedi.
Karısı da ona şaheser bir şey olan
Yüz telli som altından yapılmış bir Harp getirdi.
Dev "Çal" diye emretti. Çok sıkılmıştı.
Harp aniden kendi ritmiyle çalmaya başladı

The Giant gorged on beast as before.
One full hour passed by, then he called for more.
His wife brought in a harp, the most magnificent of things,
Made out of pure gold with a hundred strings.
The Giant yelled: "Play," he was feeling bored.
The harp instantly played of its own accord.

Sakin ve tatlı bir ninni çaldı ve Dev derin bir uykuya daldı.
Jill, dokunulmadan çalan bu Harpı çok istiyordu.
Saatten dışarı yavaşça çıktı ve Dev uyurken altın Harpı kaptı.

A lullaby so calm and sweet, the lumbering Giant fell fast asleep.
Jill wanted the harp that played without touch. She wanted it so very much!
Out of the clock she nervously crept, and grabbed the harp of gold whilst the Giant slept.

Jill'in amacı Sarmaşığa fırlamaktı. Yolda dönüp duran köpeğe ayağı takılırken, Harp "EFENDI! EFENDI" diye bağırmaya başladı. Dev uyanıp onun arkasından koşmaya başladı.
Jill çok hızlı koşmak zorunda olduğunun farkındaydı.

To the beanstalk Jill was bound, tripping over a dog, running round and round.
When the harp cried out: "MASTER! MASTER!" The Giant awoke, got up and ran after.
Jill knew she would have to run faster and faster.

Dev "Demek koşabileceğini zannediyorsun!" diye inledi.
"Bak kavalcının oğlu Tom'un başına neler geldi!"
Jill, Harpa sıkıca tutunarak koştu da koştu.
"Sarmaşığa mümkün olduğunca çabuk varmalıyım"
diye düşündü.

The Giant howled, "So you think you can run!
Look what happened to Tom, the piper's son!"
Holding onto the harp, Jill ran and ran,
"I must get to that beanstalk as fast as I can."

Sarmaşıktan aşağı kaydı. Harp "EFENDİ"
diye bağırdı.
İri Dev gürleyerek onu takip ediyordu.
Jill ağaç kesen baltayı eline aldı.
Ve sarmaşığı tek bir darbede kesti.

She slid down the stalk, the harp cried: "MASTER!"
The great ugly Giant came thundering after.
Jill grabbed the axe for cutting wood
And hacked down the beanstalk as fast as she could.

Devin her bir adımı sarmaşığı titretiyordu. Jill'in tek darbesi Dev'i düşürdü.
Dev aşağı doğru düştü.
Dev'in on metre yerin dibine geçmesini
Jack, Jill ve Anneleri şaşkınlıkla izledi.

Each Giant's step caused the stalk to rumble. Jill's hack of the axe caused the Giant to tumble.
Down down the Giant plunged!
Jack, Jill and mum watched in wonder, as the giant CRASHED, ten feet under.

Jack, Jill ve Anneleri artık
Günlerini Harpın söylediği şarkıları söyleyerek geçirmekte.

Jack, Jill and their mother now spend their days,
Singing songs and rhymes that the golden harp plays.

British Library Cataloguing-in-Publication Data:
a catalogue record for this book is available from the British Library.
First published 2004 by Mantra
This edition 2019
Printed in Letchworth, UK PE200619PB07191044

Global House, 303 Ballards Lane, London N12 8NP, UK
www.mantralingua.com